8 Avril 1891

VENTE DU MERCREDI 8 AVRIL 1891

HOTEL DROUOT, SALLE N° **1**

à 2 heures

AMEUBLEMENT
ANCIEN
Des XVIIe et XVIIIe Siècles

Buffet Louis XIV, Bureau et Tables Louis XIII
Commodes, Secrétaire, Canapé et Fauteuils
Louis XV et Louis XVI
Bronzes, Pendule Louis XV
Sculptures en Bois du XVIe siècle, Faïences anciennes
Bijoux, Miniatures, Curiosités, Étoffes
Guipures, Tapis de Smyrne, Rideaux et Tentures
Quelques Meubles modernes
Cadres

EXPOSITION PUBLIQUE

LE MARDI 7 AVRIL 1891

De 1 heure 1/2 à 5 heures 1/2

Me PAUL CHEVALLIER
COMMISSAIRE-PRISEUR
10, rue de la Grange-Batelière, 10.

M. B. LASQUIN
EXPERT
12, rue Laffitte, 12.

HONO
AB DITA
NATVS
IMPRIMERIE DEL'ART.

CONDITIONS DE LA VENTE

La vente sera faite au comptant.

Les Acquéreurs paieront, en sus des adjudications, *cinq pour cent*, applicables aux frais.

L'Exposition mettant les acquéreurs à même de se rendre compte de l'état et de la nature des objets, il ne sera admis aucune réclamation une fois l'adjudication prononcée.

Paris. — Imprimerie de l'Art, E. Ménard et Cⁱᵉ, 41, rue de la Victoire.

DÉSIGNATION DES OBJETS

AMEUBLEMENT

1 — Grand buffet Louis XIV à deux corps en bois sculpté, orné sur les portes de médaillons d'ornements d'après Berain.

2 — Petite commode Louis XVI à ressaut et à pieds élevés contournés, en marqueterie de bois, à trophée d'attributs de musique. Dessus de marbre bleu turquin.

3 — Jolie pendule Louis XV en bois de violette, ornée de bronzes à motifs rocaille et surmontée d'une figure de Mercure.

4 — Chiffonnier Louis XVI en bois de rose et amarante.

5 — Petit chiffonnier à sept tiroirs en bois marqueté à filets. Dessus de marbre.

6 — Table Louis XIII en marqueterie de bois à fleurs, à pieds tors en bois noir.

7 — Bureau Louis XIII ouvrant à abattant en riche marqueterie à fleurs et ramages en bois de couleurs.

8 — Meuble étagère japonais, en bois dur sculpté avec parties fermant à deux petites portes en bronze.

9 — Secrétaire Louis XV en bois de rose et bois de violette orné de bronzes. Dessus de marbre brèche.

10 — Meuble Louis XIII à deux corps en bois sculpté à motifs d'ornements, médaillons, et à montants cannelés.

11 — Bureau Louis XVI ouvrant à abattant en bois de noyer marqueté à filets et vase, le dessus entouré d'une galerie de cuivre.

12 — Bureau Louis XV en bois de noyer à six tiroirs de forme contournée ornés de bronzes.

13 — Bout de bureau Louis XVI en bois de violette, ouvrant à deux portes sur les côtés.

14 — Canapé Louis XV en bois sculpté, garni de damas vert.

15 — Commode Louis XV à deux tiroirs en palissandre.

16 — Petit bureau Louis XV à dos d'âne.

17 — Petite commode Louis XVI forme demi-ronde en bois de rose.

18-19 — Deux fauteuils Louis XIV en bois sculpté, garnis de canne.

20 — Bergère Louis XV.

21 — Glace Louis XV à bordure en bois sculpté et doré à branchages et corbeille de fruits.

22 — Miroir dans un beau cadre Louis XIV en bois sculpté et doré à fleurs, coquille et ornements.

23 — Chaise Louis XIII en bois tourné, garnie en blanc.

24 — Table de salle à manger en chêne sculpté.

25 — Deux dessertes en chêne sculpté.

26 — Commode ancienne en bois mouluré à poignées de cuivre.

27 — Petite armoire normande à une porte en chêne sculpté.

28 — Deux fauteuils et quatre chaises de style Louis XIII, en noyer, avec garniture d'étoffe imitant la tapisserie.

29 — Tabouret X de même style.

30 — Table Louis XIII en noyer.

31 — Deux chaises Louis XIII.

32 — Petite console Louis XVI en bois d'acajou à pieds cannelés.

33 — Écran de style Louis XIV en noyer sculpté, avec feuille en tapisserie ancienne. Pyrame et Thisbé.

34 — Baromètre Louis XVI en bois sculpté et doré.

35 — Console Louis XIV en bois sculpté et doré, à deux

pieds volutes terminés par des têtes de femme, galerie
à mascaron.

36 — Cadre Louis XVI à feuilles d'acanthe en bois sculpté
et doré.

37 — Cadre Louis XVI à feuilles et raies de cœur en bois
doré.

38 — Cadre Louis XIII à fleurs et feuillages en bois doré.

39 — Cadre de style Louis XVI à fronton, couronne de
fleurs en bois sculpté.

40 — Étagère en bois peint en blanc.

41 — Meuble de style rocaille à trois tiroirs, en bois peint
en blanc et décoré en camaïeu vert.

42 — Deux cadres Louis XV en bois sculpté.

43 — Cadre ovale Louis XIII en bois sculpté et doré à feuillages.

44 — Cadre octogone en bois noir et or.

45 — Fût de colonne cannelée en stuc.

BRONZES

46 — Petit régulateur de style Louis XIV en marqueterie de
cuivre, orné de bronzes.

47 — Deux appliques à cinq lumières, de style Louis XV, à ornements rocaille, en bronze doré.

48 — Deux petits chenets Louis XV, à figures d'enfants dans des ornements rocaille.

49 — Pendule et deux candélabres genre Louis XIV.

50 — Petit lustre flamand en cuivre.

51 — Deux petits candélabres Empire, à deux lumières supportées par des figures égyptiennes en bronze sur socles en marbre.

52 — Deux chenets Louis XVI, en bronze doré, modèle à vases et guirlandes.

53 — Trépied-support en fer forgé.

54 — Statuette de Cupidon lançant une flèche. Bronze.

55 — Plat ancien en étain.

56 — Lot de bronzes, cadrans d'horloges, ornements de meubles, cristaux pour lustres, etc.

SCULPTURES

57 — Deux panneaux Louis XVI en bois sculpté, à branches de fleurs.

58 — Frise de rinceaux, oiseaux et amours, en bois sculpté
du temps de Louis XVIII.

59 — Statuette de femme debout, tenant un livre ; bois
sculpté du xviie siècle.

60 — Panneau du xvie siècle, en bois sculpté.

61 — Statuette de sainte femme debout et drapée, en bois
sculpté et peint. xvie siècle.

62 — Statuette de pape en bois sculpté. xve siècle.

63 — Statuette de nonne en bois sculpté et peint.

64 — Deux figures d'anges en bois sculpté. Époque
Louis XIII.

65 à 69 — Sept statuettes, deux groupes, deux figures
d'anges en bois sculpté des xvie et xviie siècles. Sujets
religieux.

70 — Trois flambeaux rocaille en bois doré.

71 — Console et ornement-applique en bois sculpté.
xviie siècle:

72 — Jardinière et statuette en bois sculpté et laqué rouge
et or, de Chine.

FAIENCES ANCIENNES

73 — Deux jolies assiettes en ancienne porcelaine de Tournay, décorées de bouquets de fleurs.

74 — Assiette en ancienne faïence de Rouen, de très belle qualité, décor polychrome à vase de fleurs, coquille à paysage chinois.

75 — Deux assiettes en faïence de Delft, à décor polychrome.

76 — Assiette en ancienne faïence de Delft, décor polychrome, à deux compartiments de fleurs.

77 — Assiette en vieux Delft, décor en bleu, rouge et or.

78 — Petite applique en vieux Delft, décor polychrome.

79 — Cuvette et plat en ancienne faïence de Rouen, à bordure en bleu et rouge.

80 — Deux flambeaux en faïence de Delft, décor bleu.

81 — Huit pièces : bol en Chine, vase, brûle-parfums, corbeille ajourée, perroquet en Delft, deux fruits et une figurine.

82 — Deux plats en faïence de Delft, à décor bleu ; un plat moderne décoré en camaïeu.

83 — Onze assiettes et deux réchauds en ancienne porcelaine de Chine et de l'Inde.

84 — Pot à eau et cuvette en porcelaine décorée. Style gothique.

85 — Deux assiettes en faïence de Delft, décor polychrome à médaillons.

86 — Coupe à couvercle en ancienne porcelaine du Japon, à décor bleu.

87 — Deux écuelles en porcelaine de Sèvres.

BIJOUX ET MINIATURES

88 — Boîtes à miniatures Louis XVI.

89 à 99 — Bijoux anciens : boucles, agrafes, broches, parures, bagues.

100 — Petit plateau Louis XIII en argent repoussé.

101 à 108 — Trente miniatures et un fixé : Portraits de femmes des XVIIIe et XIXe siècles, sujets divers et paysage.

109 — Miniature ronde : Jeune Fille à l'agneau.

OBJETS DIVERS

110 — Statuette d'enfant en ivoire, de travail espagnol.

111 — Deux figures Louis XV, en bois et ivoire.

112 — Enfant couché, marbre blanc du xviiie siècle.

113 — Pendule de table Louis XIII, en cuivre gravé.

114 — Râpe à tabac en ivoire sculpté, à sujet de deux figures. xviie siècle.

115 — Seize pièces gallo-romaines ; anses de vases, fragments en bronze.

116 — Obélisque en granit rose d'Égypte.

117 — Deux rouets anciens en cuivre.

118 — Cinq pièces : peintures et dessins.

119 — Deux plats anciens en étain.

120 — Trois pièces : aumônière, sac et poudrière en soie et velours brodé.

121 — Coffret italien à ornements en pâte du xvie siècle.

122 — Coupe en verre de Venise moderne.

123 — Mortier en fonte et pied de longue-vue Louis XVI.

124 — Coffret de Bagard de Nancy, en bois sculpté.

125 — Presse-papier formé d'un moulage de main en bronze.

126 — Huit petites colonnes torses en bois sculpté et doré.

127 — Petite serrure en fer ciselé à deux médaillons d'armoiries, cachet et clef en fer du xviiᵉ siècle.

128 — Œuf d'autruche monté, livre, bougeoir.

129 — Quatre dessus de portes Louis XV représentant les saisons.

130 — Tableau de l'école italienne : Sainte Famille.

131 — Tableau de l'école italienne : la Vierge allaitant l'enfant Jésus.

ÉTOFFES ET GUIPURES

132 — Six lés soie brochée Louis XV à fond vert.

133 — Couvre-lit Louis XIII en guipure.

134 — Lot de guipures.

135 — Garniture de fauteuil en tapisserie Louis XIV, au point.

136 — Rideaux en toile de Jouy.

137 — Cinq pièces damas rouge. Tapis et rideaux.

138 — Grand tapis de Smyrne, fond rouge à dessin bleu et vert.

139 — Ancien tapis persan à fond rouge.

140 — Grand tapis de Smyrne, fond rouge uni, avec bordure en bleu.

141 — Tenture flottante en étoffe, à dessin oriental.

142 — Portières de Karamanie.

143 — Rideaux de fenêtres en étoffe, genre tapisserie.

144 — Rideaux de fenêtres en drap rouge et bleu.

145 — Rideaux de fenêtres en cretonne molletonnée.